# POËSIES

## PHILOSOPHIQUES.

# POËSIES
## PHILOSOPHIQUES.

Non ego ventosæ plebis suffragia venor.

*Horat.*

M. DCC. LVIII.

# AVERTISSEMENT

## DE L'ÉDITEUR.

UNE Promenade dans un Parterre, à l'ombre d'un Parc, ou le long d'un Canal, invite naturellement l'esprit à philosopher ; & philosopher, c'est refléchir sur différens Objets, Littérature, Physique, Morale, Ridicules du tems, Anecdotes, &c. C'est pour nous conformer à cette opération ordinaire de l'esprit, qu'à la suite d'un Poëme Géorgique, nous avons cru devoir rassembler les morceaux de Poësie qu'on va lire ; ils sont de la même main, & nous espérons qu'ils ne démentiront point les idées que la lecture du Poëme a pû faire concevoir. Il y a des

A iij

Perſonnes que les Tableaux champêtres tou-
chent médiocrement: *Non omnes arbuſta ju-*
*vant.* Il faut donner à tous les goûts,

# LES
# RESSOURCES
## DU
## GÉNIE.

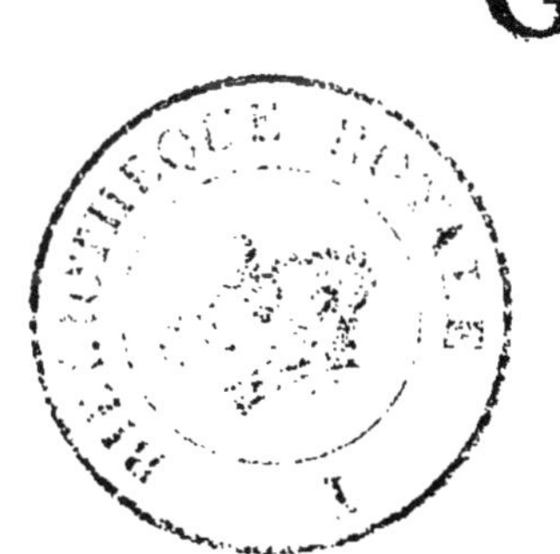


A iiij

# LES RESSOURCES
# DU GÉNIE.



*Où l'on attaque plusieurs Préjugés littéraires.*

VOUS, à qui les neuf Sœurs sourirent au berceau,
Et pour qui, de la Parque empruntant le fuseau,
Les Graces ont filé des jours d'or & de soie ;
D'où vient, jeune Théon, faut-il que je vous voie,
Des faveurs de Phœbus contempteur dédaigneux,
Fuir des Héros de l'Art le sentier glorieux ?
Pourquoi tant de talens, présens de la nature,
S'étouffent-ils en vous, couverts d'une ombre obscure ?

    » Dès long-tems, *tout est dit*, répete un Peuple sot,
» Nos Peres, plus heureux d'avoir vécu plûtot,
» Ardens à recueillir, & moissonneurs habiles,
» N'ont laissé qu'à glaner à leurs Neveux stériles.

C'eſt ainſi que raiſonne un eſprit languiſſant,
Qui, ſecouant de l'art le fardeau trop peſant,
Se refuſe au travail, s'endort dans la molleſſe,
Et veut d'un faux prétexte excuſer ſa pareſſe.
Mais que répondrez-vous, ſi je peux vous montrer
Qu'à la Cour d'Apollon, où vous n'oſez entrer,
Il eſt encor pour vous des faveurs à prétendre,
Et des poſtes brillans où vos vœux peuvent tendre?

LA
TRAGÉDIE.

Parcourons un moment ce qu'ont fait nos Aïeux :
Corneille & ſon Rival frappent d'abord nos yeux.
L'un, du Romain ſuperbe exprimant le génie,
Athléte toujours grand dans ſa courſe infinie,
Tonne & ſe reproduit, même dans Atila ;
Racine, moins hardi, jamais ne l'égala :
Mais dans ſes pas réglés, meſurant mieux ſes forces,
Il ſut prendre les cœurs à ſes douces amorces :
De Phedre & d'Hermione il peignit les fureurs,
Il flatta notre oreille, il fit couler nos pleurs ;
L'un ravit nos eſprits, l'autre échauffe nos ames ;
L'un ſouffle la terreur, l'autre excite des flames.

Ce ſont-là, cher Théon, deux Modèles fameux,
Que n'ont pu dans leur vol atteindre leurs Neveux :
Nos Rimeurs à les ſuivre ont tous perdu leurs veilles.
Mais ne pourroit-on pas, égalant leurs merveilles,

Rapprocher , réunir , leurs diverses beautés ,

Etendre , en les joignant , leurs talens limités ;

De Corneille diffus laissant l'obscur langage ,

Peindre de traits plus forts Achille & son courage ;

Et du tendre Racine animant la langueur ,

Tracer en Vers moins durs Pompée & sa vigueur ;

Unir , frappant les cœurs & chatouillant l'oreille ,

Les graces de Racine aux foudres de Corneille ?

Un esprit si parfait , si l'on peut le trouver ,

Qui dans la source antique auroit sû s'abbreuver ,

De ses Rivaux nombreux éclipseroit la gloire ( 1 ) :

Pour lui le trône est prêt au temple de mémoire.

Sur un autre Théâtre un Génie immortel ,   LA
COMÉDIE.

Moliere raïonnant d'un éclat plus réel ( 2 ) ,

Sonde, guérit les cœurs, & montre l'homme à l'homme:

Il n'eut jamais d'égal dans Athêne & dans Rome :

Et , malgré Despréaux , ce phénix des esprits ( 3 ) ,

De son Art qu'il créa sut remporter le prix.

( 1 ) Cette éclipse ne seroit point difficile. Avons - nous eu beaucoup de Tragédies depuis Corneille & Racine ?

( 2 ) Voïez , dans un petit Discours fait par Moliere même , les avantages réels que la Comédie a sur la Tragédie.

( 3 ) Voïez une Epître de Rousseau , où ce qu'on avance ici est prouvé par des raisonnemens justes.

Mais heureux qui joindroit & Moliere & Térence ,

Qui porté pour la Langue à moins d'indifférence ( 1 ),

Afferviroit Thalie aux regles de Patru ! ( 2 )

Cet aftre defiré chez-nous n'a point paru ( 3 ).

L'ODE.    Ce Lyrique divin que pleure encor la France ,

Cygne qu'ont étouffé l'intrigue & l'ignorance ,

Jeune encor , de David rival ambitieux ,

Porta fon front fublime & fa voix dans les Cieux.

Que ne promettoit point fon printems trop rapide!

Il eût chanté les Rois & la guerre homicide ,

Du tendre Anacréon il eût touché le luth ( 4 ),

On pouvoit tout attendre à fon brillant début :

Mais bientôt des enfers la rage envenimée ,

Vint de noires vapeurs couvrir fa renommée.

Un brouillard obfcurcit l'aurore de fes ans ;

Un rival lui porta les coups les plus cuifans ;

Son courfier s'abbattit fous lui dès la barriere.

Nourriffons qu'il formoit , achevez fa carriere.

( 1 ) Les Ouvrages de Moliere & de la Fontaine fourmillent de fautes contre la Langue.

( 2 ) Excellent Grammairien.

( 3 ) Il ne paroîtra point fi-tôt , fuivant le train que les chofes prennent.

( 4 ) Nous n'avons pas encore , en France , d'Odes galantes , & délicatement paffionnées , dans le goût de celles d'Anacréon & de quelques-unes d'Horace : c'eft un genre qui manque.

Jeunes Phénix , fortez des cendres de Rouffeau.

Le charmant La Fontaine au bord d'un clair ruiffeau , Les Fables,<br>Les Contes.
Anime des Portraits ébauchés par Efope ,
Couvre la vérité d'une adroite enveloppe ;
Puis du hardi Boccace arborant l'étendard ,
Rit aux dépens du fot , du fat & du caffard.
Tout Lecteur eft ravi de fa naïve aifance ;
Mais un ftyle plus pur , avec moins de licence ,
Dans un aimable efprit , doté de fes talens ,
Feroient encor prétendre à des fuccès brillans.

Peut-être qu'en luttant contre de tels Modeles ,
Vous pourriez trébucher , & voir tomber vos aîles :
Vingt fiécles réunis ne les atteindront point.
Eh bien , fi leurs talens , portés au dernier point ,
Ne femblent vous laiffer qu'un défefpoir futile ,
Dans des champs moins battus quelle moiffon fertile !
Courez une autre mer moins couverte d'écueils.

La funebre Elégie errant fur des cercueils , L'Elégie.
Se plaint que feule en proie à fa douleur fatale ,
Nul François ne la fuit dans fa marche inégale ( 1 ).
On trouve cependant des perles fur fes pas ,
Sous fes habits de deuil elle offre des appas.

(1) Nous n'avons point eu jufqu'ici de vraies Elégies dans notre
Langue , à moins que l'on ne donne ce nom à quelques-unes de
nos Tragédies.

Ce fut par les faveurs qu'il fut obtenir d'elle ,
Que Tibule a joui d'une gloire immortelle.

L'EGLOGUE.     Moins triste & plus naïve , à l'ombre d'un ormeau ,
L'Eglogue , aux humbles sons d'un leger chalumeau ,
Cherche envain un Berger que sa tendre voix flate.
Des myrthes verds , cueillis de sa main délicate ,
Attendent le Pasteur qui pourra la charmer.
Beaucoup de faux Amans ont cru s'en faire aimer ;
Mais leurs chants affectés & leur froide tendresse ,
N'ont jamais pu fléchir leur aimable Maîtresse.
Un Berger dont les tons sachent la captiver ,
Depuis l'heureux Titire , est encore à trouver ( 1 ).

Voilà , charmant Théon , des carrieres charmantes ,
Que Phœbus peut ouvrir à vos Muses naissantes :
Ce sont d'aimables fleurs , compagnes du printems ,
Qu'on amasse avec soin pour en jouïr long-tems.
Quand l'âge aura meuri vos desirs & votre ame ,
Quand du fil de vos ans affermissant la trame ,
Cloto vous ourdira des jours moins agités.
Quand l'esprit brille en nous de plus vives clartés ,

( 1 ) Jusqu'ici on n'a point rencontré , en France , le vrai goût
de l'Eglogue : les Idiles de Des Houlieres font des Élégies champ-
pêtres , imitées du Roman de l'Astrée ; & les Pastorales de Fon-
tenelles , font des Scènes d'Opéra , qui n'ont de l'Eglogue que
les mots de Bergers & de Bergeres.

Alors, Théon, alors embouchant la trompéte,
Dans un champ plus fécond, ofez, nouvel Athléte,
De Virgile & d'Homere égalant les Ecrits,
Par des Vers dignes d'eux leur difputer le prix.

Déja j'entends d'ici, j'entends la Mufe Epique,
Qui, tenant dans fa main le fceptre poëtique,
Vous appelle & vous offre un laurier immortel.
Ses vœux hâtent le jour pompeux & folemnel,
Où, fous un aftre heureux, les rives de la Seine,
Après cent ans d'efpoir & de promeffe vainé,
Verront paroître enfin le Chantre qu'on attend (1).
Quelle honte pour nous! quel reproche infultant!
La fuperbe Madrid, la féconde Florence,
Ont produit des tréfors inconnus à la France (2).
L'Ifle heureufe, où tonnoit le fublime Milton,
Du grand Chantre d'Achille a retrouvé le ton.
Paris a des Perraults, & Londre a des Homeres.

Réveillons-nous, Théon, diffipons les chimeres,
Que d'importuns Cenfeurs viennent nous oppofer.

>> La Nature, dit-on, a paru s'épuifer,

Le Poëme<br>Epique.

(1) Hélas! il le faut avouer, nous n'avons point encore de Poëme Epique. Quelques Perfonnes d'un goût fingulier ont voulu pallier cette honteufe difette, en infinuant que le *Lutrin*, le *Telemaque*, la *Henriade*, étoient des Poëmes Epiques; mais les Perfonnes d'un goût fûr, qui ont lû *Homere*, *Virgile* & le *Taffe*, n'ont pû en rien croire.

(2) Le Camoëns, le Taffe.

›› En prêtant tous ſes feux à ces grands Luminaires ;
›› Elle a même paſſé les bornes ordinaires
›› En formant les reſſorts de ces vaſtes cerveaux.
›› Le tems altere tout , nos débiles travaux
›› A la hauteur des arts ne pourront plus atteindre ,
›› Et les eſprits uſés commencent à s'éteindre.

Théon , fermons l'oreille à de ſi vains diſcours :
Ne voit-on plus la Terre , ainſi qu'aux premiers jours,
Malgré le poids des ans , ſans rides , ſans vieilleſſe ,
S'orner , chaque printems , dès fleurs de ſa jeuneſſe ?
Ne voit-on plus les Pins & les larges Ormeaux ,
Oſer juſqu'à la nue élancer leurs rameaux ?
De tant de fruits dorés la délicate écorce ,
N'a-t-elle plus qu'un ſuc inſipide & ſans force ?
Si l'ordre ſuit toujours le ſentier qu'il a pris ,
L'ordre a-t-il perdu l'art d'enfanter les eſprits ?
Ce ſont de faux détours que l'ignorance oppoſe ;
De tant d'aridité l'on trouve ailleurs la cauſe.
La Nature , toujours prodigue en ſes préſens ,
Veut encor que de l'art les ſecours bien-faiſans
La préviennent en tout & l'échauffent ſans ceſſe ;
Et cet art qui nous manque a cauſé ſa foibleſſe.

Sous l'heureux ſiecle d'or les Eſprits inventifs ,
Dans des Tableaux parlans , Copiſtes attentifs ,

Y

Y cherchoient pas à pas la Nature à la trace !
En quittant leur maniere on a perdu leur grace.
Des Grecs & des Romains négligeant les Ecrits,
On a conçu pour eux un stupide mépris :
On ne lit plus Homere ; & sa Trompette altiere,
Comme un or ignoré, languit dans la poussiere.
Virgile est inconnu ; son Chef-d'œuvre en oubli,
Dans le profond Lethé semble être enséveli.
Que de fleurs, cependant, quels fruits on verroit
       naître
Sous les mains d'un Auteur qui sauroit les connoître !
L'un, tel qu'un chêne épais planté par le hasard,
Dont le suc vigoureux n'est point gêné par l'art,
Fait, dans ses vieux rameaux, triompher la Nature,
Et, malgré les hyvers, conserve sa verdure.
L'autre, odorant Tilleul dans un parc transplanté,
Doit aux secours de l'art son utile beauté ;
Dans de libres canaux sa séve ménagée
N'accable point de fleurs sa tête trop chargée :
Sans jamais se hâter il fleurit dans son tems,
Et sa flatteuse odeur parfume le printems.
C'est pour trop négliger de s'asseoir à leur ombre,
Que de nos vains Rimeurs on voit grossir le nombre :
De-là ces Vers bouffis de grands mots entassés,
Où l'Auteur en dit trop sans s'exprimer assez :

De-là ces Efprits fecs, ces Mufes hydropiques,

Qui, jufqu'en un Sonnet, heurlent des Sons épiques (1);

Qui, fur un même ton, nous ennuïant toujours,

Ne favent ni cacher ni varier leurs tours.

Aussi, depuis vingt ans, depuis que dans Bruxelles

Rousseau perdit enfin fes pindariques ailes,

Quels maigres avortons! quels fquélettes mort-nés!

De leur fens naturel des termes détournés,

Un ftyle faux, guindé, des allufions fades,

Des Vers durs, languiffans, ou gonflés par boutades;

Melpomêne, enfantant des monftres de pitié;

Thalie, en minaudant, trifte & gaie à moitié;

Des Scènes de Roman, à la hâte arrangées,

D'un fiecle d'incidens par difette allongées.

Voilà de tant d'Auteurs les chef-d'œuvres nouveaux;

Voilà les dignes fruits de ces riches cerveaux!

Qu'aux Auteurs de la Gréce on rende leurs couronnes;

Que ces Chantres divins foient remis fur leurs trônes;

Que d'Homere & de Plaute on répare l'affront,

Qu'on life encor leurs Vers, les Virgiles naîtront.

Pour Vous, qui de leurs Chants avez fait vos délices,

Qui d'un fiecle idiot méprifant les caprices,

(1) Ces beaux Efprits qui mettent de l'Epique prétendu par-
tout, & qui en exigent par-tout, favent-ils bien ce que c'eft que
l'Epopée: Il y a lieu du moins de foupçonner leur ignorance à cet
égard, puifqu'ils mettent de certains Poëmes modernes à côté de
l'*Iliade* & de l'*Eneïde*, auxquelles ils ne reffemblent pourtant
guères.

De ces rares tréfors chériffez les beautés :
Théon , que nuit & jour , dans vos mains feuilletés ,
Ils foient de tous vos pas les compagnons fideles ,
Et de tous vos Ecrits les fublimes modeles :
Et quand Paris fe livre aux flots d'un vain torrent ,
Voïez les nouveautés , d'un œil indifférent.

De nos Voifins encor les modernes merveilles ,
D'un précieux butin peuvent orner vos veilles ;
Chez eux , du fel attique on retrouve le goût ,
Chez eux, un or poli s'offre & brille par-tout.
Du Taffe & de Milton étudiez les graces ,
Recherchez leur commerce & marchez fur leurs traces.

Voulez-vous peindre Amour, les Ris , les Voluptés ,
Mille termes touchans à Paphos adoptés ,
Qui tracent des Amans le trouble inexprimable ,
Leurs tranfports, leurs foupirs,& leur langueur aimable ;
Enfin , tout ce qu'Amour fait voir , dire , éprouver,
Sur les lévres du Taffe Amour le fait trouver.
Ses Vers femblent couler du fein de la Nature :
Virgile , en lui prêtant fa riante ceinture ( 1 ) ,
Montre au Chantre brillant du plus grand des Bouillons
L'art de mêler les Jeux aux fanglans Bataillons.

( 1 ) Confultez Defpréaux , *Differtation fur la Joconde.* Il a
depuis changé d'avis : eft-ce avec fondement ? avoit-il plus de
lumieres , ou plus de caprices ?

Aimez ses doux accens, il flatte, inftruit, éclaire,

Et fon langage heureux fut inventé pour plaire.

Moins doux & moins flatteur, mais plus mâle & plus
      grand,

Milton, la foudre en main, de cieux en cieux errant,

A chanté Dieu, fon Chrift, le cahos & le monde;

Il perce des enfers l'obfcurité profonde;

Il peint de traits de feu l'empire de Satan;

Il orne Eve de fleurs, il pleure avec Adam;

Sa trompette aux combats ofe appeller les Anges;

Il dit l'Homme, fa chute & nos malheurs étranges.

Les éclairs de Milton, avec art tempérés,

Sont, pour mener au Grand, des flambeaux affurés.

Ce font les traits groffis d'une peinture vive,

Qui ne flattent les yeux que dans la perfpective.

    » La Fable n'offre plus que de vieux ornemens,

» Il faut, dit-on encor, par de hauts fentimens,

» Par des traits neufs & vrais, par des tableaux fideles,

» Chez nous, de nos Ecrits emprunter les modeles.

» A la nature, aux mœurs, les Français font bornés,

» Jupiter & Junon font des Dieux furannés.

    Ah! Théon, j'y confens, dans leurs vieilles chroniques,

Laiffez pourrir des Grecs les Déités antiques;

Laiffez à Licophron, Mars, Minerve & Vénus;

Et par d'heureux fentiers que nul n'aura tenus,

Sans marcher appuïé du menfonge & des fables ,

Venez nous étaler des merveilles croïables.

Quels traits de tous côtés s'offrent à vos pinceaux ?

Le grand Temple eft ouvert. L'air , la terre & les eaux ,

Vous montrent un Auteur feul digne de louanges.

Peignez le doux Printems , les fécondes Vendanges (1) ; LE POEME GÉORGIQUE.

Du fublime Virgile , imitant les chanfons ,

Hâtez par vos concerts les trop lentes moiffons.

Embelliffez vos Vers par un objet folide , LE POEME PHILOSOPHIQUE.

Suivez les élémens fous la main qui les guide.

Eh ! que font tous les Rois , que font les Conquérans ,

Auprès de ces Flambeaux , de ces Globes errans ,

De ces Mondes fans fin qui roulent fur nos têtes ?

Leur triomphe eft un fonge , un rien fait leurs conquêtes.

L'admirable Univers doit feul nous enchanter :

Puifque DIEU feul eft grand, c'eft Dieu qu'il faut chanter.

De nos coupables mœurs l'importante cenfure , LA SATYRE UTILE.

A vos rimes encore offre un champ fans mefure :

Vous rejettez l'éclat des habits empruntés ,

Et vous voulez briller de vos propres beautés.

( 1 ) Jufqu'ici nous n'avions point , en France , de Poëme qui traitât de l'Agriculture. On ne dira point, comme M. De Voltaire l'a dit de *la Henriade,* qu'il y a eu plufieurs éditions du *Poëme des Jardins d'Ornemens ,* que par conféquent le vuide eft rempli. On fe bornera à fouhaiter que cela foit. Les éditions, fouvent multipliées par le ftelionata, ne concluent rien ; c'eft l'ouvrage , c'eft le fuffrage des Savans , qui rempliffent le vuide.

Eh bien ! peignez un fiecle unique dans fes vices ,
Mettez dans tout leur jour les lâches artifices ,
La politique fauffe , & les fombres noirceurs ,
Qui , chez nous , du Français ont énervé les mœurs.
Démafquez les Bigots , tonnez fur les Impies.

Suivez , un dard en main , ces infectes harpies ( 1 ) ,
Qui des fens corrompus aidant les trahifons ,
De leur haleine impure exhalent les poifons :
Montrez l'honneur foulé , l'innocence abufée ,
La franchife aux abois , la fourbe autorifée :
Montrez , . . . Théon , ma main commence à fe laffer
A nombrer les objets qui viennent s'amaffer.
Je finis , mais avant d'abandonner la place ,
Permettez qu'en ce lieu ma plume vous retrace
Un avis dont Rollin autrefois me fit part.

    » Les talens , me difoit cet augufte Vieillard ,
» Dans la main des Méchans font un couteau terrible ;
» A celui qui le porte il eft d'abord nuifible :
» Mais l'on ne peut compter les ravages cruels
» Qu'allument dans les cœurs tant de Vers criminels.
» Heureux , ajoutoit-il , un Efprit qu'on eftime ,
» Qui , rappellant les Vers à leur fource fublime ,
» Rend le vice odieux , fait chérir la vertu !
» Admis , vanté par-tout , fon livre eft toujours lû.

   ( 1 ) Les Mufes Lubriques.

EPIGRAM-<br>ME.

# ODES.

# ODE I^{RE}.

## A
## LA RENOMMÉE.

Renommée, as-tu d'un faux songe
Assez prolongé les erreurs ?
Par l'éclat d'un brillant menfonge
Frapperas - tu toujours les cœurs ?
Toujours à ta vaine fumée,
Qu'un feu paffager a formée,
Verra - t - on courir les Mortels ?
Et pour un murmure frivole,
Pour un fon leger qui s'envole,
Quitteront - ils des biens réels ?

Des plus flatteuses espérances
Tu fais embellir ton néant,
Et grossissant les apparences,
D'un Pigmée en faire un Géant.
A nous tromper toujours fidelle,
Talens, succès, gloire immortelle,
Voilà les titres que tu prens;
Et profitant de nos ivresses,
Par nos propres mains tu nous dresses
Un autel où fume l'encens.

Mais sans s'éblouir des grands titres
Que ton orgueil a fabriqués,
J'y consens, prenons pour arbitres
Ces Héros de ton sceau marqués :
Sachons, si de ta gloire illustre
Leur vie a reçû plus de lustre,
Si leur nom célebre & pompeux,
Porté sur tes aîles rapides,
Leur donna des jours plus lucides,
Et sût les rendre plus heureux.

Je vois l'Oracle de la France,
Victime d'un goût délicat,
Toujours en proie à l'indigence,
Négligé, malgré son éclat ;
Prêtant sa voix à l'infortune,
Il tonne envain sur la tribune,
Tout semble ignorer ses succès :
Et quand Plutus ouvre son Temple,
Aux Idoles qu'on y contemple,
Patru n'y trouve point d'accès.

Quel est cet Athléte invincible,
Qui combat au pié des Autels ?
L'erreur le trouve inaccessible,
Sa voix éclaire les Mortels :
C'est A * ... à ce nom la foudre
S'allume & va le mettre en poudre.
Envain il vange, par ses cris,
Des Autels la gloire allarmée :
Victime de la Renommée,
Il tombe enfin sur leurs débris.

Mais peut - être aux rives fécondes
Où , fur des lits femés de fleurs ,
Hypocrêne épanche fes ondes ,
On recueille mieux tes faveurs.
Peut - être l'encens que tu donnes ,
Tes lauriers brillans , tes couronnes ,
Aux Guerriers fameux réfervés ,
Dès que tu les en trouves dignes ,
Mêlés à tes bienfaits infignes ,
Pour leurs fronts feuls font confervés.

Promeffe vaine ! attrait barbare !
Cruels talens ! fatals fuccès !
Le jeune Rival de Pindare ( 1 )
Soupire loin des bords français :
Le crime , armant la calomnie ,
Vient le couvrir d'ignominie ;
Et ce n'eft que fur fon déclin
Que ce grand torrent de lumiere
Paroît dans fa fplendeur premiere
Comme l'a toujours vû Rollin.

(1) M. Rouffeau , Poète François , mort à Bruxelles.

Que de sang versé ! quel carnage !
Quels éclairs frappent mes regards !
Condé tonnant dans un nuage
Écrafe & brûle cent Remparts.
Sans doute la France vangée ,
L'Enfance d'un Roi protégée ,
Vont fur les pas de ce Guerrier
Semer mille fleurs immortelles ;
Non , pour fes fervices fidelles ,
Condé n'eft plus qu'un prifonnier !

Folles victimes que nous fommes ;
C'eft pour ces revers éclattans ,
Que peu contens du titre d'Hommes ,
Nous envions celui de Grands !
Par des fentiers longs & pénibles ,
Par des routes inacceffibles ,
Marchant au terme qui nous fuit ;
Sans ceffe nous croïons l'atteindre ,
Quand près du but on voit s'éteindre
Le vain phantôme qui nous luit.

   Encor fi de tes dons avare
Tu les refufois à propos,
Et fi ton choix faux & bizare
Ne formoit pas d'illuftres Sots :
Mais les talens, dans la poufliere,
Ont vû, fur un char de lumiere,
Prôner d'indignes Favoris :
Chapelain, le front dans les nues,
Jouit long-tems des faveurs dues
A Milton, couvert de mépris.

   Qu'importe à mes cendres éteintes
Que le fuffrage d'un Savant
Daigne un jour mettre hors d'atteintes
Mon nom flétri de mon vivant ?
L'éclat des honneurs les plus amples,
L'encens éternel de cent temples,
Ne fufpendent point l'Achéron ;
Le jour qui finit fa mifere,
Ce jour fit infenfible Homere
Aux honneurs rendus à fon nom.

Quoi ! je perdrai le plaifir d'être
Pour le plaifir d'être cité ?
Pour un vain fon , pour un faux être ,
J'oublierai la réalité ?
Je nommerai defir de gloire
Un front trifte , une bile noire ,
Qui me font languir dans l'oubli ?
Et je vivrai dans les ténebres ,
De peur que , loin des noms célebres
Mon nom ne refte enféveli ?

Si l'on feme de fleurs nouvelles
Les tombeaux des illuftres Morts ,
Combien , dans des nuits éternelles ,
Du tems ont fenti les efforts ?
Combien les feux & les ravages
Ont brifé d'autels & d'images ?
Varius , jouet du deftin ,
A vu fa gloire terminée :
Et du fameux Chantre d'Enée
Le nom eft encore incertain ( 1 ).

( 1 ) Virgile , ou Vergile.

Infenfé, qui place fa gloire
Dans un chimerique avenir !
Qui fe plaît à fe faire accroire
Ce qu'il doit un jour devenir !
Le Sage place dans foi - même
Sa joie & fon bonheur fuprême :
Et loin qu'il tente de chercher
A briller du fond de fa tombe,
Tel qu'un fruit, il meurit, il tombe
Quand le fort vient le détacher.

Il ne fixe point fon étude
A s'établir dans les efprits
D'une ftupide multitude
Dont il fait méprifer les cris :
Si, par fes talens confirmée,
Il voit fleurir fa renommée ;
Oppofant au vent de l'orgueil
Une fageffe toujours ferme,
Lui feul eft fa gloire & fon terme,
Sans voir au - delà du cercueil.

ODE II.

# ODE II.<sup>E</sup>

## A M***.

---

*Caractères de la véritable amitié.*

---

L'ÉQUITÉ, foible & poursuivie,
Ne peut donc plus trouver d'appui ?
N'est-il de triomphe aujourd'hui
Que pour l'imposture & l'envie ?
La foi, la candeur, les vertus,
Sont-elles à jamais proscrites ?
Et n'est-il plus de vrais mérites
Que sur les Autels de Plutus ?

C

## ODE II.

Tu m'entends, Ami trop fidele,
Ton cœur se réveille à mes pleurs ;
Tu viens, partageant mes malheurs,
Des Amis m'offrir le modele :
Semblable à l'astre desiré,
Qui brille au sein de la tempête,
Les vents, les flots, rien ne t'arrête,
Tu m'ouvres un port assuré.

Malgré la tiédeur languissante
D'Amis, sous ce nom déguisés,
Et malgré les traits éguisés
D'une cabale frémissante ;
Par mille gages précieux
Tu fais éclater ton estime ;
Et l'innocence qu'on opprime
En devient plus chere à tes yeux.

Grace à mes fortunes diverses,
J'ai pu connoître les Humains ;
J'ai vu leurs injustes dédains
Redoubler avec mes traverses,
J'ai su peser, j'ai pu sonder,
Au sein de ma disgrace affreuse,
L'ame sincere & généreuse,
Et l'ame habile à se farder.

Tant qu'un vent doux & favorable
Des mers vous applanit les eaux,
Vous voïez près de vos vaiſſeaux
D'Amis une foule innombrable ;
Mais ſi l'Aquilon vous pourſuit,
Si de loin de ſombres nuages
Annoncent de triſtes orages,
Où ſont-ils vos Amis ? Tout fuit.

#

C'eſt dans le creuſet des diſgraces
Qu'un Ami paroît tel qu'il eſt ;
Si, foulant aux piés l'intérêt,
Il brave d'horribles menaces ;
S'il preſente un front affermi
Aux coups que le ſort vous prépare,
Le véritable or ſe déclare,
Celui-là ſeul eſt votre ami.

#

Dans le crime & dans l'artifice,
L'amitié n'a que de faux nœuds ;
Compagne des cœurs vertueux,
Elle fuit la fraude & le vice :
Un Flatteur adroit & rampant
Des vertus vous montre l'écorce ;
Mais c'eſt une trop foible amorce,
Il ſe décele en vous trompant.

#

## ODE II.

Au sein des miseres fatales,
Elle enleve aux fers le captif ;
Sans elle un torrent fugitif
Échappe à la soif des Tantales :
Lorsque cent Peuples abbatus
Vantent le Vainqueur de l'Hidaspe ,
L'ardent climat où naît le jaspe
N'a point de tréfors sans Clitus.

*

Ma fortune a changé de face ;
Dans les maux que mon cœur reffent ,
Je trouve un cœur compatiffant ;
Mes pleurs tariffent , tout s'efface :
Ainfi quand la nége & les vents
Ont long-tems défolé nos plaines ,
D'Alcion les tiedes haleines
Viennent ranimer le printems.

*

Tendre * * , c'eft ton ouvrage ;
C'eft par tes foins toujours conftans ,
C'eft par tes fecours éclattans
Que je furvis à mon naufrage :
Et quand un cruel avenir
M'offroit un tiffu de fupplices ,
Ta main a femé de délices
Mes jours déja prêts à finir.

*

# ODE III.<sup></sup>



*Sur les brigues, que quelques Guerriers emploient pour parvenir.*

Si ma voix peut se faire entendre
Dans le silence des tombeaux ,
Et si votre muette cendre
Peut trouver des accens nouveaux ,
Montrez-vous encor, Troupe illustre ,
Dont la mort augmente le lustre ,
Au plus haut sommet parvenus ,
Parlez FABERT, ROSE & TURENNE,
Que votre exemple nous apprenne
Quels sentiers vous avez tenus.

Est-ce par de lâches intrigues
Que vous achetiez vos honneurs ?
Les trames, les honteuses brigues
Vous captivoient-elles les cœurs ?
Perdiez-vous vos Rivaux célebres
Pour tirer plûtôt des ténebres
Vos noms de splendeur revêtus ?
Vit-on jamais vos grandes ames
Mettre à des encheres infâmes
Le prix qu'on ne doit qu'aux vertus ?

Non, non, vos ombres glorieuses,
Aujourd'hui n'ont point à rougir
Des intentions généreuses
Qui jadis vous firent agir :
Jamais une avare molleffe
Ne vous inspira sa foibleffe :
Vous cherchiez un riche tréfor
D'un prix plus noble & plus durable,
Et dont l'éclat est préférable
A l'éclat perfide de l'or.

Envain des Succeſſeurs indignes
Prétendent marcher ſur vos pas ;
Leur faſte & leurs grades inſignes
Nous cachent les cœurs les plus bas :
Je n'y vois que lâches adreſſes,
Que détours, que noires ſoupleſſes ;
Je n'y vois que complots affreux,
Et ce n'eſt plus que l'injuſtice,
Le crime & l'aveugle avarice
Qui ſoufflent la diſcorde entr'eux.

Guerriers fameux & magnanimes !
Ces projets ſont dignes de vous.
C'étoient donc là, Vengeurs des crimes,
Les beaux fruits d'un noble couroux !
Mais envain vos complots rebelles
Trament cent brigues infidelles
Contre les fiers Enfans des Dieux :
Devant eux la ſage Minerve
Marche à grands pas & les préſerve
Du coup de vos traits odieux.

Vainement l'enfer jaloux s'arme
Contre un Mortel chéri des Cieux ;
Son cœur ne connoît point d'allarme ,
Muni d'un secours précieux :
Il montre une égide puissante
A la colere frémissante
Des monstres armés par le sort :
Il brave les dagues aigües ;
Et le froid poison des cigües
Ne sauroit lui porter la mort.

Cessez donc , odieux Thersites ,
Lâches aux cabales vendus ,
D'opposer aux plus grands mérites
Vos piéges dans l'ombre tendus :
Des Latins la haine couverte ,
D'Énée a beau jurer la perte ,
Il brave leurs vagues complots :
Du Dieu Mars il les rend la proie ;
Il voit revivre une autre Troie ,
Et ses Dieux échappés des flots.

Un vrai courage voit fans honte
Les triomphes de fon rival ;
C'eft par les travaux qu'il furmonte
Qu'il cherche à marcher fon égal ;
Et fi la fortune contraire
Couronne un heureux adverfaire,
Et n'a pour lui que des refus ;
Il applaudit à fon ouvrage ,
Il l'éleve par fon fuffrage,
Et l'égale par fes vertus.

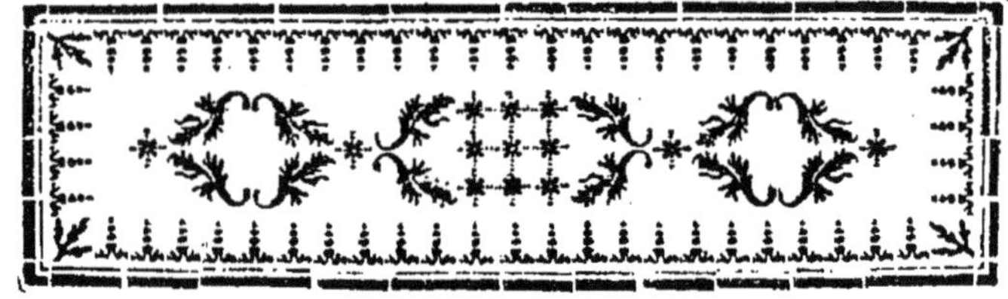

# ODE IV<sup>e</sup>.

## A M. *****.

*De l'Académie .... qui, en badinant,*
*reprochoit à l'Auteur son trop de santé*
*pour un Poëte.*

Quoi, sans cesse me reprocher
Un embonpoint si profitable !
Dois-je languir & dessécher,
Pour trouver Phœbus favorable ?
Faut-il, pour plaire aux chastes Sœurs,
Se laisser mourir d'abstinence ?
En captive-t-on les faveurs
Par le jeûne & la pénitence ?

Amant de la solidité
Et peu jaloux de renommée,
Jamais à la réalité
Je ne préfere la fumée :
Trop soigneux de ma liberté
Clio n'a que mon badinage ;
Je n'altere point ma santé,
Je suis un Amant de passage.

❊

L'harmonie & l'invention,
Au sanctuaire du Parnasse,
Avec la riche fiction,
Dès long-tems occupent leur place.
Eh ! pourquoi n'y compte-t-on pas
La négligence & la paresse,
Divinités pleines d'appas
Et compagnes de la sagesse ?

❊

De l'Art par les Muses trouvé
Le but est d'égaïer la vie ;
C'est un antidote éprouvé
Contre les soucis & l'envie :
On dompte un lion rugissant
Aux sons d'une touchante lyre ;
Faut-il qu'un remede innocent
Nous plonge en un triste délire ?

❊

Soit maudit cent fois le premier
Qui de l'art de charmer nos peines
A fait un fervile métier
Plein de tortures & de génes ;
Qui , par la rime & la raifon ,
Voulant briller avec juftefſe ,
Creufoit une ingrate prifon
Où notre ame eft toujours en prefſe !

*

Je benis le fage deftin
Qui , préfidant à ma naiſſance ,
A fû , fans un riche butin ,
Me faire vivre avec aifance :
Lorfque Créfus péfe fon or ,
Je folâtre avec Uranie ;
Les malheurs d'Énée ou d'Iector
Sont les délices de ma vie.

*

Dans la molle facilité ,
Toujours foigneux de me complaire ,
Je ris avec tranquillité
De tout Critique atrabilaire :
Sans m'embarrafſer de prévoir
Ce que Des-fontaines va dire ,
Je laifſe le foin d'y pourvoir
A qui ne vit que pour écrire.

*

S'il est quelque chose ici bas
Qui puisse intéresser mon ame ,
C'est de jouïr seul des appas
De l'objet charmant qui m'enflame :
Cloris fait mes soucis divers ,
Ce qui peut la toucher me touche ;
La main qui vous trace ces Vers
Vient de lui placer une mouche.

# ODE V.
## A UN JEUNE COMTE,
Occupé à embellir ses Terres.

*Dangers qui accompagnent la Jeunesse.*

ENFIN une heureuse industrie
Change la face de ces lieux ;
La terre abondante & fleurie
S'y pare des trésors des cieux :
Le nectar coule des montagnes,
Le lait arrose vos campagnes ;
Jadis de ronces hérissés,
Couverts d'une moisson flottante,
Vos champs ont surpassé l'attente
Des Laboureurs intéressés.

COMTE, ce font-là les miracles
Qu'enfante un travail obftiné :
Ainfi d'épines & d'obftacles
L'homme eft d'abord environné ;
Il faut une main attentive
Qui le dégage & le cultive :
Sans elle, impuiffant avorton,
Ses tiges dans l'ombre cachées,
Jufques dans leur germe fechées,
Tombent fans un feul rejetton.

Quand, par une adroite culture,
Tous les vices déracinés
Font couler une féve pure
Dans des rameaux plus fortunés ;
On voit les vertus floriffantes
Couronner fes branches naiffantes,
Et fes fruits font plus éclattans
Que ceux que prodigue l'Automne,
Quand le fein fécond de Pomonne
Comble les defirs du Printems.

Je le fais , la haute nobleſſe
Où vos Aïeux puiſent leur ſang ,
Vous garantit de la foibleſſe
Qui fouille ceux d'un moindre rang :
Je crois qu'avec le lait ſucées
En vous leurs vertus ſont paſſées ;
Que de leur grande ame héritier ,
Autant que de leur nom ſplendide,
En vous la colombe timide
N'eſt point l'enfant de l'aigle altier.

Mais de quelque ſource ſublime
Que vous tiriez tant de grandeurs ,
Quelque courage magnanime
Qui rehauſſe tous ces honneurs ,
Quelle eſt la vertu ſans mêlange
Qui ne s'altere & qui ne change ?
Ces Conquérans, dont les exploits
Ont effacé l'antique Rome ,
Ces grands Aïeux vous ont fait Homme
En vous faiſant l'égal des Rois.

De

De noms & de titres infignes
Les premiers n'ont point hérité ;
Mais ce fut pour s'en rendre dignes
Que leurs travaux ont éclaté :
Le prix de ces vertus fuprêmes,
Qui ne tombe que fur eux-mêmes,
Ne doit être loué qu'en eux.
Jamais les fruits d'un grand courage
Ne peuvent être un héritage
Que l'on tranfmette à fes neveux.

Les lauriers qui ceïgnoient leur tête,
Les ont fuivis dans leurs tombeaux ;
La Mort en a fait fa conquête
En éteignant ces grands flambeaux.
Voulez-vous les faire revivre ?
C'eft leur exemple qu'il faut fuivre ;
Jeune Rival de leurs vertus,
Avant d'hériter de leur gloire,
Traînez au char de la Victoire
Les monftres qu'ils ont combattus.

D

## *O D E  V.*

Cher Comte, ces monſtres horribles
Que vos mains doivent étouffer,
Ne ſont point ces Anglois terribles
Dont vous eſpérez triompher :
Il eſt un poiſon que diſtile
Un aſpic en replis fertile
Qui vit au cœur qu'il a bleſſé :
Il eſt des erreurs délectables
Plus cruelles, plus redoutables
Qu'un camp de lances hériſſé.

Dans ces Cours, qu'un Peuple imbécile
Croît être le ſéjour des Dieux,
Où l'Idole fiere & tranquile
Dort ſous des lambris radieux ;
Le faux honneur paré d'un maſque,
Le faſte ſuperbe & fantaſque,
L'aveugle erreur, le fol amour,
La joie indiſcrete & legere,
Et l'ambition menſongere,
Parlent & régnent tour à tour.

De la fervile flatterie

Fuïez les échos dangereux,

Souvent une route fleurie

Nous cache un précipice affreux.

Que l'amitié tendre & facrée

De votre cœur s'ouvre l'entrée :

Mais pour diftinguer l'Ami faux,

Voïez fi partifan du vice,

Idolâtrant votre caprice,

Il n'aime en vous que vos défauts.

N'appellez point vertu guerriere

La fierté qu'infpire un haut rang,

C'eft une fierté meurtriere

Qu'allume en vous la foif du fang :

Ces invincibles Capitaines,

La gloire de Rome & d'Athènes,

Craignoient d'enfanglanter leurs mains :

On les a vûs dans les allarmes,

Arrofant leurs lauriers de larmes,

Se faire gloire d'être humains.

Sur-tout fuïez les chants perfides
Et les charmes infidieux
De mille Sirennes avides,
Dont l'amour emprunte les yeux :
Sur leurs fronts les plaifirs éclattent,
Leurs geftes, leurs bouches vous flattent ;
Mais bien-tôt ces trompeurs accueils,
Vous troublant au milieu des ondes,
Dans le gouffre des mers profondes,
Vous brifent contre mille écueils.

Ainfi marchant à pas d'athlete
Dans la carriere des vertus,
D'une maturité parfaite
Vos beaux ans feront revêtus.
Ainfi quand votre vigilance
Rappelle l'heureufe abondance
Aux champs par vos Peres laiffés,
Si leur exemple vous enflame,
Vous pourrez enrichir votre ame
Des tréfors qu'ils ont amaffés.

# ODE VI.

## CONTRE L'ATHÉISME,

*ENVOYÉE A UN ESPRIT-FORT*
*quelques jours après une conversation.*

ÉLEVANT avec artifice
Le monument de vos erreurs ,
Vous aviez par cet édifice
Ébloui mes sens imposteurs :
Armé de l'oblique sophisme ,
A mes yeux l'altier Athéisme
Brilloit sur un trône usurpé :
Je m'endormis dans ces mensonges ;
Le réveil a détruit ces songes ,
Et l'édifice est dissipé.

Est-ce au vain concours des atômes
Qu'on doit le cercle des saisons ?
Est-ce au néant de vos phantômes
Qu'il faut demander les moissons ?
Du hasard la muette image
Obtiendra-t-elle mon hommage ?
Une aveugle nécessité
A-t-elle produit ce bel ordre ?
Et du sein affreux du désordre
L'univers s'est-il enfanté ?

Perdez pour un moment de vue
Un éternel Ordonnateur,
Donnez dans l'embuche imprévue
De quelque Sophiste enchanteur ;
Le cahos renaît, tout se trouble,
A chaque pas la nuit redouble,
Ce n'est plus que confusions,
Doute, folie, extravagance,
Erreur, orgueil, vaine arrogance,
Dans un gouffre d'illusions.

Approchez , fougueux Encelades ,
Qui portez vos traits dans les Cieux ;
Des Efprits foibles & malades
Cherchent vos fecours précieux :
Répondez à notre efpérance ,
Daignez guérir notre ignorance ,
Découvrez-nous par quels accords
L'homme germe au fein de fa mere ;
Et , dans une vieilleffe amere ,
Pourquoi l'âge flétrit nos corps.

Vous vous taifez , troupes frivoles ,
Efprits de ténèbres couverts ,
Qui cachez fous l'art des paroles
Les jugemens les plus pervers ;
Rapprochez-vous de la Nature ,
De fes loix fuivez la droiture ;
Sa voix tonnant au fond des cœurs
Vous dit qu'ignorant qui vous êtes ,
Tant de recherches indifcrêtes
N'enfanteront que des erreurs.

>> Rentre dans les bornes marquées,
>> Aveugle & foible vermiffeau ;
>> A tes lumieres offufquées
>> Ton Auteur oppofe un bandeau :
>> Ta raifon fombre & languiffante,
>> Pour l'entrevoir affez puiffante,
>> Dans fes fecrets ne peut entrer :
>> Ce grand Moteur, qui t'a fait naître,
>> T'a donné dequoi le connaître,
>> Et non dequoi le pénétrer.

Quel homme fi fauvage ignore
Qu'un DIEU préfide à tous fes pas ?
Sous fa hute un Huron implore
Un Etre qu'il ne connoît pas :
Sans s'ériger en vain Sophifte,
Ce qu'il voit lui dit qu'il exifte ;
Et fi l'on attente à fes jours,
S'il tombe aux embûches dreffées,
Ses mains au Ciel font adreffées,
Ses cris appellent un fecours.

Par l'orgueil le plus méprifable
L'Athéifme fut inventé ;
Il ne tend qu'à rendre excufable
Le penchant d'un cœur infecté ;
Enchaîné fous la main d'un Maître,
On croit, en détruifant fon être,
Trouver la douce impunité ;
Et quand la raifon le confeffe,
L'efprit n'eft fort que par foibleffe,
Et combat Dieu par lâcheté.

Voïons comment ces Efprits fermes
Soutiendront les revers du fort ;
Comment, approchant de leurs termes,
Ils vaincront l'affaut de la mort :
Tant que leur fortune eft entiere,
Tant qu'ils courent dans la carriere,
Leur bouche vomit trait fur trait ;
On trouve en eux un cœur de roche ;
Mais quand l'heure fatale approche,
Le bandeau tombe, & Dieu paraît.

# ODE VII.

## A MONSEIGNEUR

## LE PRINCE DE CONTI,

### *LE PROTECTEUR DES LETTRES.*

JE laiſſe à la trompette altiere
Des Varius & des Miltons,
A te ſuivre dans la carriere
Sous les remparts fumans de Mons :
Soit qu'au ſon d'une voix guerriere
Tu ranimes nos Eſcadrons ,
Soit que tout couvert de pouſſiere
Ta main briſe les Bataillons.

De tes charmes philofophiques
La fplendeur a frappé mes yeux ;
C'eft par tes vertus pacifiques
Qu'aimé des Mortels & des Dieux,
Tu fais, de tes faits héroïques
Tempérant l'éclat radieux ,
Porter aux triomphes publiques
La fageffe de tes Aïeux.

*

Auffi grand aux bords de la Seine
Qu'aux rives fanglantes du Rhin ,
Quand un char pompeux te ramene
Pour jouïr d'un ciel plus ferein ;
Des jeux & des pleurs de la fcène
Arbitre aimable & fouverain ,
Ta voix , des Fils de Melpomène
Appelle le brillant effain.

*

Sous tes yeux , d'une main plus fure ,
Nericaut trace fes Portraits ;
Voltaire , qu'un coup d'œil raffure ,
Eclatte par de plus grands traits ;
Greffet , redoutant ta cenfure ,
Se pare de nouveaux attraits ;
Et Crebillon à ta peinture
Doit fes Tableaux les plus parfaits.

*

Ainſi le Favori d'Auguſte ;

Après avoir vaincu cent Rois ,

Raſſembloit dans un temple auguſte

Les Muſes de Rome à ſa voix :

Là , dans une balance juſte ,

De Virgile il peſoit les droits ,

Et les Émules de Saluſte

De ſon goût recevoient des loix.

✶

Où courez-vous , Troupes craintives ,

Chers Nourriſſons des chaſtes Sœurs ?

D'Alecton les trames furtives

Oſent-elles ſouiller vos mœurs ?

Faut-il que , toujours fugitives

Pour échapper à ſes noirceurs ,

Vous alliez chercher d'autres rives ,

Et nous priviez de vos douceurs ?

✶

Arrêtez .... l'altier fanatiſme

Ne peut plus vous porter de coups ;

C'en eſt fait l'impur cagotiſme

Sans fruit exhale ſon couroux ;

D'un Dieu la force & l'heroïſme

A confondu l'enfer jaloux ;

Et contre l'affreux oſtraciſme

Sa préſence combat pour vous.

✶

Un nouveau foleil fur nos têtes
Fait éclater fes doux raïons ;
CONTI, diffipant les tempêtes,
A ramené les Alcyons :
Nous verrons fuccéder des fêtes
Aux pleurs amers que nous verfions :
Déja mille palmes font prêtes
Pour mille nouveaux Amphions.

❉

Mufes, méritez fon fuffrage,
Redoublez vos concerts vainqueurs ;
Peignez un utile courage,
Qui gagne ou dompte tous les cœurs :
Pour moi, dépouillant le rivage,
J'irai, publiant fes faveurs,
Jeune Abeille ardente à l'ouvrage,
Sous fes yeux choifir quelques fleurs.

❉

Et fi CONTI daigne fourire
En voyant mes premiers effors,
Si, touché des fons de ma lire,
Il daigne approuver mes efforts ;
C'en eft fait, le Dieu qui m'infpire,
Redoublant fes heureux tranfports,
Percera jufqu'au fombre empire,
Pour charmer Pluton & les Morts.

❉

# ÉPODE

## SUR LA MORT,

*ENVOYÉE A UNE DAME*
*qui demandoit à l'Auteur quelles consolations*
*il lui donneroit s'il la voïoit prête à mourir.*

Quand les graces les plus piquantes
Relevoient tes brillans appas,
J'ai sû, par des leçons fréquentes,
T'affermir contre le trépas;
Aujourd'hui que ton sort s'acheve
Et qu'un souffle mortel t'enleve;
Ami fidele & sage amant,
Je dois, par un effort suprême,
Te conduire, & t'aider moi-même
A braver le dernier moment.

Quoi que débite le vulguaire
Que trouble un ridicule effroi,
Mourir eſt un acte ordinaire
Qui n'a rien de terrible en ſoi;
Des préjugés qu'on a vûs naître,
Et qu'un moment fait diſparaître,
Quelques ſoupirs pour un faux bien
Et dont on jouiſſoit à peine,
Un eſprit qu'on met à la gêne,
Voilà la mort, & ce n'eſt rien.

Semblable à la plante qui germe,
S'éleve & ſe fanne en un jour,
L'homme naît & touche à ſon terme,
Plus ou moins lent dans ſon ſéjour;
L'heure où ſon exiſtence arrive,
Amene l'heure qui l'en prive:
Dans le monde acteur paſſager,
Il ſe montre, il voit la lumiere,
Il rentre au ſein de la pouſſiere,
Sa forme ne fait que changer.

## *E P O D E.*

Ainſi qu'en une Tragédie ,
Conſtant dans ſon premier emploi ,
Juſqu'au bout l'Acteur s'étudie
A ſe montrer ſemblable à ſoi ;
Et comme la Piéce eſt difforme ,
Si par-tout le plan n'eſt conforme ;
Ainſi , nés ſans émotion ,
Sans effroi , regret ni triſteſſe ,
Nous devons achever la piéce
Et mourir ſans averſion.

Que regrettez-vous dans le monde ,
Vous qu'un ſort déſolant pourſuit ?
Une tranquillité profonde
Nous attend dans la ſombre nuit ;
Et, vous qu'un deſtin plus propice
A garanti du précipice ,
La mort en vous ouvrant les bras ,
Met le comble à votre fortune ;
Des malheurs la troupe importune
Alloit arriver ſur vos pas.

Celui

Celui qui compte cent années,
Et celui qui ne vit qu'un jour,
Ont achevé leurs deftinées
Et difparoiffent fans retour :
A des termes égaux taxée,
La carriere n'eft point fixée ;
Que d'abord l'on parvienne au but,
Ou que fur la route on s'arrête,
Ce n'eft que reculer la dete,
Tous doivent païer le tribut.

La mort ne furprend point le Sage,
Jamais abfente de fes yeux,
Il s'accoutume à fon vifage
Et n'y trouve rien d'odieux :
La perte d'un objet qu'il aime
Le fait retourner fur foi-même,
Il fent qu'un fort égal l'attend :
Les changemens de la nature,
Les champs dépouillés de verdure,
Lui rendent fon terme préfent.

E

## *E P O D E.*

Quel engourdiffement étrange
De ne fonger point à finir !
Sous nos yeux tout paffe, tout change,
Tout nous dit qu'il faut y venir :
Déja la moitié de nous-même
A fubi cet ordre fuprême :
La nature élevant fa voix,
Ainfi qu'une mere attentive,
Au moindre choc qui nous arrive,
Nous preffe d'accomplir fes loix.

» Mortel, difparais de la terre ;
» Le jeu finit, fors fatisfait,
» Tombe, foible ouvrage de verre,
» Brifé par la main qui t'a fait ;
» Viens à moi, ce coup qui t'afflige,
» Eft dans l'univers qui l'exige
» Un ordre donné dès long-tems ;
» Une race fuit une race,
» Tes aïeux ici t'ont fait place,
» Fais place à d'autres habitans.

» Dans ce monde qui te rejette

» Qu'efperes tu voir de plus beau ?

» Tout y revient , tout s'y répette

» Sans étaler rien de nouveau ;

» Mêmes plaifirs , mêmes défaftres ,

» Un même ciel , les mêmes aftres ,

» Tu vois ce qu'ont vû tes aïeux ;

» Le mois compofé de journées ,

» Le fiecle compofé d'années ,

» N'offrent qu'un retour ennuïeux.

Le trépas n'eft qu'un court efpace

Entre la vie & le tombeau ;

Ce n'eft qu'un vent leger qui paffe

Et fait expirer le flambeau ;

Dans ces plaines de fang couvertes

Où la guerre groffit nos pertes

Et ravage , à coups redoublés ,

L'ame voit fans être inquiête

Le péril fondre fur fa tête

Et mille trépas raffemblés.

## *EPODE.*

Des plaintes , des cris, des allarmes ,
Un lit de douleurs entouré ;
Une Veuve qui fond en larmes ,
Un Pupile défefpéré ;
Des Amis glacés par la crainte ,
Sur leur front, dans les yeux empreinte ;
Des Prêtres armés de terreur ,
Un Médecin impitoïable ,
De la mort cortége effroïable ,
En caufent feuls toute l'horreur.

Heureux ! qui levant ce faux mafque ,
Voit fon vifage tel qu'il eft ;
Qui , fous cet appareil fantafque ,
Ne confidere que l'objet !
Par fon fouffle il fe laiffe éteindre ,
De fes coups il fe fent atteindre
Et ne recule point d'un pas ;
Libre de foucis & d'envie ,
Et raffafié de la vie ,
Il meurt comme on fort d'un repas.

# ÉPIGRAMMES.

*Hóc legite auſteri, crimen amoris abeſt.*

# ÉPIGRAMMES.

## ÉPIGRAMME I<sup>RE</sup>.

### CONTRE LE MARQUIS D'**.

Il fait Anglois, Latin & Grec,
Il est galant & politique ;
Qu'on parle Morale ou Critique,
Jamais on ne le trouve à sec :
Il connoît l'Histoire & la Fable,
D'Hosier a vanté sa Maison ;
Il est doux, complaisant, affable,
Mais est-il brave ? C'est selon.

E iiij

## ÉPIGRAMME II<sup>e</sup>.

Couvert d'or, chargé de frifure,
Un Petit-maître à fon Curé
Menoit, pour fes nôces conclure,
Une Caillette au teint plâtré :
Le Pafteur voïant l'encolure
De ce Couple défiguré,
Dit, Or ça, race déguifée,
Avant d'avoir un *conjungo*,
Que je fache, fans *qui pro quo*,
Qui de vous deux eft l'Époufée ?

## ÉPIGRAMME III<sup>e</sup>.

*C O N T R E* * *. *roué en effigie.*

Un Échappé de la Tournelle,
Connu par mille traits félons,
Un jour, dans certaine ruelle,
Se vantoit d'avoir les bras longs :
Oh ! très longs, reprit un Cynique,
Avec un dédaigneux fouris,
Vous étiez à la Martinique
Qu'on vous les caffoit à Paris.

# ÉPIGRAMME IVᵉ.

Non, qui n'a point lu ***,
** & maints Auteurs nouveaux,
( Difoit hier un Petit-maître )
N'eft qu'une Bufe & rien de plus :
D'accord , répondit un vieux Reître,
Mais qu'eft-on quand on les a lus ?

# ÉPIGRAMME Vᵉ.
## A l'Abbé D. F.

Est-ce la beauté de fon ftyle
Qui vous fait admirer Griffard ?
Vingt fois de fa Mufe futile
Au doigt vous montrâtes le fard.
Eft-ce à cet or qu'il vous étale
Qu'il doit votre éloge impofteur ?
Vous jurez que votre morale
Vous rend fourd à l'or féducteur.
Qui peut donc de fes Vers infames
Vous avoir rendu le Prôneur ?
C'eft que fon Livre fuborneur
Enfeigne à déprifer les Femmes.

# ÉPIGRAMME VI<sup>e</sup>.

UNE Sotte à perte de vûe
Louoit un Sot fat & gafcon ;
Le Sot , louant fans retenue ,
Ripoftoit fur le même ton :
Ah ! Cloris , que vous êtes belle !
On ne l'a jamais affez dit.
Marquis , que vous avez d'efprit !
Lui répondoit la Péronelle.
Laffé de cette ritournelle ,
Certain Railleur , s'approchant d'eux ,
Leur dit , que vous mentez tous deux !

# ÉPIGRAMME VII^e.

Pour quels postes, à quels emplois
Destinez-vous ce Fils unique ?
Demandoit à certain Bourgeois
Un Magistrat sot & caustique :
S'il a l'esprit vif, délicat,
Lui répondit soudain le Pere,
S'il a le cœur droit & sincere,
Je compte en faire un Avocat ;
Mais si cet Enfant dégénere,
S'il est bégue, idiot ou fat,
Je veux en faire un Magistrat.

# ÉPIGRAMME VIII<sup>e</sup>.

*A UNE VIEILLE,*
*Qui faisoit peindre ses Cheveux.*

Peignez vos Cheveux, vieille Iris,
Appliquez vernis sur vernis ;
Avec grand soin faites leur prendre
La couleur qui plaît au Marquis :
Le Marquis pourra s'y méprendre,
Mais la Mort sait bien qu'ils sont gris.

# ÉPIGRAMME IX<sup>e</sup>.

*CONTRE **. banni pour crime de faux.*

Quand je vois ce maudit Pié-plat
Se mêler de plus d'une affaire,
Fronder Poussin & le Duchat,
Parler d'Algebre & de Grammaire,
Je dis, voilà mon scélérat,
Qui brigue le titre de fat
Pour perdre celui de faussaire.

# ÉPIGRAMME X<sup>e</sup>.

## *A UN PRÉDICATEUR.*

Regnaut, je fuis trop votre ami
Pour critiquer votre Sermon ;
Vous avez mal prêché, dit-on,
Ah ! je l'ignorois, j'ai dormi.

# ÉPIGRAMME XI<sup>e</sup>.

## *CONTRE CERTAIN COMMENTATEUR qui a pris à tâche d'attaquer la réputation des meilleurs Ecrivains des derniers fiecles.*

Que ce nouveau Caligula,
Qui dans fa verve hétéroclite,
Des grands Auteurs fronde l'élite,
Soit condamné, pour ce trait-là,
A louer l'Auteur du Sopha,
Ou bien à chanter le mérite
Du Sot qui fit heurler Vauda ( 1 ).

( 1 ) Tragédie moderne & pitoïable.

## ÉPIGRAMME XIIᵉ.

Oui, vous êtes d'antique Race,
Et vos grands Châteaux font connus,
En Aïeuls comme en revenus,
Il n'est personne qui vous passe ;
Mais à vous voir, en vérité,
Je ne m'en serois pas douté.

## ÉPIGRAMME XIIIᵉ.

Chez son Beau-pere un Mari chaque jour
Alloit se plaindre en maudissant sa Femme,
Quel garnement ! quel train ! la vilaine ame !
Toujours coquette & toujours nouveau tour !
Ors, le Patron, las de la kirielle,
Dit, ça, mon Gendre, il faut vous contenter ;
Si votre Femme est encore infidelle,
Je vous promets de la deshériter.

# ÉPIGRAMME XIVe.

Approchez, Messieurs, c'est du beau,
Du merveilleux & du nouveau,
Crioient aux Passans, d'un ton rogue,
Les Libraires J**. & G**.
Ici c'est Homere au tombeau,
Des coups d'un petit Pédagogue;
Et plus loin c'est l'exact Boileau,
Commenté par un Néologue.

# ÉPIGRAMME XVe.

## *ECRITE SUR UN EXEMPLAIRE des Lettres Juives.*

Avec beaucoup d'esprit & d'art
Vous frondez le Peuple caffart :
Mais le Sage envain se récrie ;
Donne-t-on moins dans leurs panneaux ?
Tonner contre la Moinerie,
C'est tirer sa poudre aux moineaux.

---

# ÉPIGRAMME XVI<sup>e</sup>.

## *A UNE ESPAGNOLE.*

Vous pourriez bien m'aimer, dit-on,
    Si je tentois de vous plaire ;
Je ne fuis ni fat ni fripon,
    Je ne fuis point votre affaire.

---

# ÉPIGRAMME XVII<sup>e</sup>.

## *Envoïée avec une Tragédie moderne.*

Je vous fais part de la Didon,
Par nos beaux Efprits tant prônée,
Toujours pleurant du même ton,
Et le cœur toujours plein d'Énée :
Rapproché des fruits de l'année,
Ce coup d'effai femble affez bon,
On y trouve un efprit facile,
Et quelqu'endroit bien entendu ;
Mais, Ami, l'Auteur eft perdu
Si jamais vous lifez Virgile.

ÉPIGRAMME

# ÉPIGRAMME XVIII<sup>e</sup>.

JE n'entre point dans la querelle
De Defpréaux & de Perraut,
Un fujet fi vafte & fi haut
Paffe ma débile cervelle ;
Mais trop ne fais par quel deftin
Tous nos beux Frondeurs de la Gréce
Font des Vers fi pleins de rudeffe,
Et frifent fi fort le Cottin.

# ÉPIGRAMME XIX.

*CONTRE L'ABBÉ P***, qui venoit à la Promenade avec une lunette à longue vûe.*

UN vieux Rimeur, carabin d'Hipocrene ;
Dont l'afpect feul peut caufer la migraine,
Aux Boulevards ( 1 ) , fur le déclin du jour ;
Pour renforcer fa vifiere peu nette ,
Venoit armé d'une énorme lunette ;
Dont il lorgnoit tous les Monts d'alentour :
Un Railleur dit , Valet-de-pié d'Horace ;
Répondez-nous , cherchez-vous le Parnaffe ?

( 1 ) Promenade de Paris.

F

# ÉPIGRAMME XX.<sup>e</sup>

*CONTRE UN MALTOTIER*
*qui tomba foible en apprenant qu'un Impôt*
*alloit cesser.*

TIGRE, engraissé de nos malheurs,
Qui nuit & jour suces ta proie,
Monstre à qui la commune joie
Est une source de douleurs ;
Ton heure approche, & l'œil du Maître
Va tout examiner : choisis
Des galeres, du piloris,
Ou du fumier qui t'a vu naître.

# ÉPIGRAMME XXI.<sup>e</sup>

L'ŒIL ardent comme feu grégeois,
Et la criniere enfarinée,
Une Bégueule enluminée
Demandoit à certain Chinois,
Que pensez-vous de nos minois ?
L'autre dit, sans longue tournure,
Je me connois mal en peinture.

# ÉPIGRAMME XXII<sup>e</sup>.

CONTRE UN RIMEUR MODERNE
*qui attribuoit à la jalousie les jugemens qu'un
habile Critique prononçoit sur ses Vers.*

PETIT Rimeur toujours croqué,

A peine éclos de la poussiere,

Fat, dont le bidet efflanqué

Tombe en entrant dans la carriere ;

Fou, reconnu tel par les Foux,

Héros de la Secte moderne,

Crois qu'un mérite subalterne

Ne fera jamais de jaloux.

# ÉPIGRAMME XXIII<sup>e</sup>.

CONTRE *deux Tragédies de Coriolan,
qui parurent en même-tems.*

LE Public, que l'on régale

D'un double Coriolan,

Dans une balance égale

Met chaque Muse rivale,

Et les trouve au même cran.

F ij

# ÉPIGRAMME XXIV<sup>e</sup>.

## CONTRE UN LAQUAIS PARVENU, *qui se donnoit pour un Militaire.*

LAURENT a servi chez Boulongne,
Et Boulongne l'a fait Commis ;
Depuis ce tems, chez ses Amis,
Ce Marouffle au bec de cigogne,
Aux dents d'ébene, au front d'airain ;
Parle d'Italie & du Rhin ;
C'est lui qui prit la Demi-lune ;
C'est lui qui fit trembler Conni ;
Qu'on parle d'un fait, c'étoit lui.
Fat décrassé par la fortune,
Bridez votre langue importune :
On sait que Laurent a servi.

# ÉPIGRAMME XXV<sup>e</sup>.

## *CONTRE ****.*

CE Ragotin de bas étage,
Qui n'eſt connu qu'en ſon village,
Voudroit, pour ſes faits impudents,
Qu'on le mordît à belles dents,
Afin de devenir illuſtre.
Mon petit ſot , mon petit ruſtre,
Vous ne verrez point la clarté ;
Reſtez ſans honneur & ſans luſtre
Dans votre médiocrité.

# ÉPIGRAMME XXVI<sup>e</sup>.

## *CONTRE UN PARLEUR INTARISSABLE.*

VOTRE entretien eſt profitable,
Au Louvre , à l'Orqueſtre , à la Table,
Vous charmez ceux que vous trouvez
Par maints argumens bien prouvés ;
Mais où je vous trouve admirable ,
Boindin , c'eſt quand vous achevez.

# ÉPIGRAMME XXVIIᵉ.

## CONTRE D****,
## ET LA MARQUISE DE ****.

Sᴀɴs vouloir parler tout de bon,
Et n'aïant rien de mieux à faire,
Au Louvre, la jeune Alifon
Traitoit Arifte de fauffaire,
De vieux fou, de petit corfaire :
Minaudant fur le même ton,
Roulant les yeux, le noir Druide
L'appelloit coquette & perfide :
Un Ami dit, fe raillant d'eux,
Vous vous connoiffez bien tous deux !

# E´PIGRAMME XXVIII<sup>e</sup>.

*Contre un Musicien idiot.*

Dans l'arrêt qui fût prononcé
Entre votre Oncle & votre Frere,
Qui des deux gagna son affaire ?
Demandoit hier à R a n c é
Un Duc, dont l'ame est héroïque.
Le Musicien hébété
Etoit demeuré sans réplique,
Lorsqu'une voix, trop véridique
Dit, Pardonnez, en vérité
Le pauvre homme déconcerté
Croit qu'on lui parle de musique.

F iiij

# ÉPIGRAMME XXIX.

## LE BON MOT DE LA CLÉRON.

Un Rimeur fot, & de fuperbe enflé,
Éperonnant fon Pégafe effoufflé,
Voulut encor rifquer une culbute
En plein théâtre ; il fut honni, fifflé.
Le lendemain de cette belle chûte,
Pour fe diftraire & quêter du foulas,
Chez la Cléron il porte fes vieux pas :
Là, d'une voix que fon orgueil raffure,
Il s'efforçoit de plâtrer l'avanture,
» Que le Public n'eft pas toujours fenfé,
» Qu'on avoit tort de l'avoir tant preffé,
» Et que la Poire encor n'étoit point mûre...
Oh ! mûre ou non, reprit la jeune Hébé,
Pourtant, Monfieur, elle a d'abord tombé.

# ÉPIGRAMME XXX<sup>e</sup>.

## *LE SUCCÉS CERTAIN.*

Un Homme, à la Cour fort vanté,
Faiſoit imprimer un ſot Livre ;
Par là, chez la poſtérité
Il eſpéroit un jour revivre :
Maint Rimeur avoit encenſé
Son ſtyle & ſon futur mérite ;
Le Libraire, homme plus ſenſé,
Craignoit fort pour la réuſſite.
Monſeigneur, ou je ſuis un ſot,
Ou l'avorton métaphyſique,
Public ſans qu'on en diſe mot,
Gardera long-tems la boutique.
Ne crains rien, dit l'homme au ton haut,
Apprête-toi de le bien vendre,
J'ai du crédit plus qu'il n'en faut,
Je ſaurai le faire défendre.

# ÉPIGRAMME XXXI.<sup>e</sup>

## *LE PARNASSE.*

### *A Monsieur D. V.*

ON compte au double Mont neuf Filles de Mémoire,

CLIO, d'un craïon sûr, des tems trace l'histoire ;

ERATO fait dicter les amoureuses loix ;

MELPOMENE, en pleurant, peint les douleurs tragiques ;

THALIE à ses bons mots mêle des jeux comiques ;

POLIMNIE à son geste unit l'art de la voix ;

Le Luth de TERPSICORE anime, échauffe, embrase ;

EUTERPE, à son haut-bois, danse d'un pié nombreux ;

CALLIOPE, en grands vers, chante un Guerrier poudreux ;

Les Cieux sont dans la main d'URANIE en extase.

Dites-nous à-présent, ô l'Homme universel !

Qui croïez effacer Virgile, Hobbe & Corneille,

Et posséder des Grecs l'enjoument & le sel,

Laquelle des neuf Sœurs vous a prêté l'oreille ?

# ÉPIGRAMME XXXIIe.

## A M. D***.

*Dum dubitat natura marem faceretve puellam,*
*Factus es, ô pulcher, pene puella puer.*
*Ausonius. Epig.* 105.

QUAND le bon Créateur perplexe
Songeoit à former votre peau,
Il ne sut d'abord de quel sexe
Doter un si rare morceau :
Que sera-t-il ? que sera-t-elle ?
Dans le doute qui l'arrêtoit,
Soudain vous vous trouvâtes fait,
Un beau garçon presque femelle.

# ÉPIGRAMME XXXIII<sup>e</sup>,

## *LA RÉPONSE DE LAÏS.*

UN petit Juge *à quo* portant des cheveux gris,

Vint, la bourse à la main, demander à Laïs

La faveur d'une nuit ; néant à la requête.

Il se peint les cheveux, il colore sa tête,

Et revient à la charge : Une nuit seule à seul,

Une nuit & non plus : Allez petit compere,

Dit la Nymphe attentive à sa feinte criniere,

Hier, j'en refusois autant à votre Aïeul.

# ÉPIGRAMME XXXIV<sup>e</sup>.

## *SUR ce que le Roi de Prusse s'étoit informé de la situation de l'Auteur.*

QUAND Virgile aux Romains donna ses Géorgiques,

Les Grands & les Petits le combloient de bienfaits ;

Il se vit accablé de présens magnifiques,

Auguste lui bâtit un superbe Palais :

Et moi, qui le premier sur semblables matieres

Exerçai, jeune encor, mes craïons dans Paris,

Beaucoup de complimens, force discours polis,

Voilà tout ; & je viens de vendre mon Cessieres ( * ).

( * ) Jolie Terre à 25 lieues de Paris.

# ÉPIGRAMME XXXV<sup>e</sup>.

Cinq ou six Esprits-forts, tels qu'en produit Paris
Depuis que, sans raison, tout le monde raisonne,
Devant certain Bacha *décochoient* leurs mépris
Contre un Culte adopté par les plus grands Esprits :
Leurs sarcasmes usés n'éblouissoient personne ;
Enfin le Musulman, qu'un tel jargon étonne,
Dit, leur tournaut le dos avec un fier souris,
Que le Dieu des Chrétiens a de sots ennemis !

# ÉPIGRAMME XXXVI<sup>e</sup>.

*Contre un Official Hibernois*
*qui prenoit son Suisse pour Greffier.*

Vous faites bien, maître Pancrasse,
De prendre un Suisse pour Greffier ;
Vous aimez l'or jusqu'à la crasse,
On vous pendroit pour un denier :
Mais le Public, qui souvent daube,
Et qui veille sur votre fait,
Vous voïant l'un & l'autre en robe,
Dira, tel Maître, tel Valet.

# ÉPIGRAMME XXXVII.ᵉ

## *A M. G * *.*

*Sur ce que certaines Personnes se plaignoient*
*que le Poëme des Jardins d'Ornemens étoit*
*un peu court.*

Oui, j'aurois pû sans doute allonger chaque Chant,
Et donner au Sujet beaucoup plus d'étendue ;
J'aurois pû, par maint trait agréable & touchant,
Fixer l'attention, la tenir suspendue :
Mais, Ami, j'écrivois pour le siecle présent,
Ce siecle de Pantins, frivole & voltigeant,
Qui sur les meilleurs Vers porte à peine la vûe,
Qui ne lit qu'en courant, & qui court en lisant.

# RONDEAU,

## *A l'Abbé D. F.*

*Qui avoit annoncé fauſſement dans une de ſes feuilles que l'Auteur venoit de quitter l'Epée pour la Robe.*

Qui vous l'a dit , Monſieur le Prêtre ,
Qu'abjurant le Dieu des combats ,
Mettant lance & caſaque bas ,
J'avois enfin réſolu d'être
Un des Suppots du bon Cujas ?
Un conte ſi faux fait paraître
Que quand on lit tel ſavantas ,
On doit lui demander tout bas ,
     Qui vous l'a dit ?
Pour moi que le bon Dieu fit naître ,
Ennemi de tout altercas ,
Je pourrois compter d'autres cas
Où prompt à vous bien reconnaître ,
Tout Paris ne s'écrieroit pas
     Qui vous l'a dit ?

# ÉPILOGUE,

*Pour être placé à la suite des Ouvrages
de PIRON.*

UN bon Livre paroît, on le cherche, on le prône,
 La Renommée, avec legereté,
 Porte le nom de l'Ecrivain vanté,
A la Ville, à la Cour, & même au pié du Trône.
 Parmi ce bruit est-il personne
 Qui daigne du moins s'informer
 Si l'Auteur qui l'a sû charmer
 N'est point un de ces misérables
 A qui les Dieux inexorables
 Ont refusé tous leurs secours ;
Qui dans l'ombre & les pleurs passe ses tristes jours ;
 Qui, du grand monde évitant le théâtre,
Peut-être prie envain la Nature marâtre
 De lui donner les alimens
Que sa main offre en foule aux insectes rampans.
 L'inimitable La-Bruyere,
 D'affreux Créanciers obsédé,
 Avant de trouver un Condé,
 Languit long-tems dans la poussiere.
 On comble de faveurs un fat,
 On le cherche, on l'aime, on le loue ;
 On ennoblit un scélérat,
 Et le mérite est dans la boue.
FIN.